AF335739

(Numéro 146 du Catalogue)

(Numéro 59 du Catalogue)

IMP. ANDRÉ MARTY, 25, RUE LOUIS-LE-GRAND

CATALOGUE

d'une importante

Collection d'Ex-Libris

Dont la vente aura lieu à Paris

HOTEL DROUOT, Salle N° 8

Le Samedi 20 Avril 1901, à 2 heures

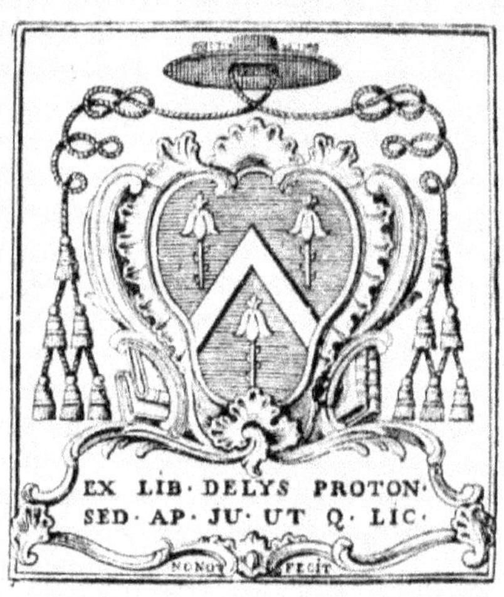

(Numéro 20 du Catalogue)

<table>
<tr><td>Mᵉ MAURICE DELESTRE</td><td>M. LOYS DELTEIL</td></tr>
<tr><td>COMMISSAIRE-PRISEUR</td><td>ARTISTE-GRAVEUR, EXPERT</td></tr>
<tr><td>5, Rue St-Georges</td><td>67, Rue Ste-Anne</td></tr>
</table>

CONDITIONS DE LA VENTE

Elle sera faite au comptant.

Les acquéreurs paieront *dix pour cent* en sus des adjudications.

M. Loys Delteil remplira les commissions que voudront bien lui confier les personnes ne pouvant y assister; il se réserve en outre la faculté de diviser ou de rassembler les n^os.

MM. les amateurs pourront visiter la collection 67, *Rue Sainte-Anne, du Lundi 15 Avril au Vendredi 19 Avril, de 10 h. à 4 heures.*

(Numéro 35 du Catalogue)

France

EX-LIBRIS

Gravés pendant le XVIIe siècle

et au début du XVIIIe

1. — Ex-libris de Saragosse (Besançon), gravé par *Pierre de Loisy*. B. ép. Très rare. L'un des plus anciens ex-libris français connus.

2. — Ex-libris (Puy du Fou). par *Jean Picart*, Tr. b. ép. Rare.

3. — Ex-libris (Pierre Cornulier), gravé par *P. Firens*. In-4. Tr. b. ép. à gr. m. Rare.

4. — Ex-libris Aymon de Salvaing, S^gr de Boissieu. In-4. Tr. b. ép. Rare.

5. — Ex-libris (Henry d'Albret, Sire de Pons, 1617). P. anonyme exécutée à *l'eau-forte* et ne portant aucune inscription gravée. B. ép. Très rare.

6. — Ex-libris (Des Godrands), gravé par *Roger*. — Ex-libris de la Bibl. publique du *Collège* des Godrands. Deux p. B. ép. Rares.

7. — Ex-libris de (La Trémouille), 2 p. différentes anonymes. Tr. b. ép. Rares.

8. — Ex-libris anonyme, gravé par *Jacques Humbelot*. In-4. Tr. b. ép. Rare.

9. — Le même ex-libris, relié avec l'ouvrage suivant : *Aegidii tschudi Claronensis, viri apud Helvetios Clarissimi, de prisca ac vera Alpina Rhœtia.....* Basle, Mich. Isingrini, 1538. — 1 vol., in-8 rel., de la *coll. du M^n de Lagoy.*

10. — Ex-libris anonyme ovale d'un Cardinal, relié avec l'ouvrage suivant : *Chronographia in duos libros distincta. Prior est de Rebus veteris Populi : Posterior recentes historias, prœserting ; Ecclesiasticas côplectitur* — Paris, Martin Juven, 1567. — 1 vol., petit in-4. rel. B. exempl.

11. — Ex-libris Dacquet. Tr. b. ép. Rare.

N.-B. — Cette p. regardée d'abord comme le plus ancien ex-libris français connu, a été contesté depuis quant à son origine *française* et à sa destination comme *ex-libris*.

12. — Ex-libris Ph. Emm. Barnier. B. ép. Rare.

13. — Ex-libris de la Maison Royale de Saint-Cyr, deux p., différentes, une gravée par *S. Le Clerc le jeune*. Tr. b. ép. Rares.

14. — Ex-libris Pierre Daniel Huet, évêque d'*Avranches*, 1692. Quatre p., différentes de format in-4, in-8, in-12 et in-18. B. ép.

15. — Ex-libris (Bigot), 3 pl. in-8, in-12 et in-18. — Bigot de Graveron. En tout quatre p. B. ép.

16. — Ex-libris : Alexandre Petau, rare. — André Félibien (de *Chartres*). — Charles Févret (de *Semur en Auxois*). Trois p. B. ép.

17. — Ex-libris Ant. de Lamare, Sʳ de Chenevarin. Tr. b. ép. avec un *texte explicatif* des armoiries. Rare.

18. — Ex-libris du Mⁱˢ Granery de la Roche, gravée par *G. Tasnière*, à Turin en 1700. In-4. Tr. b. ép. Rare.

19. — Ex-libris anonyme, gravé par *B. J. Tasnière*, à Turin, en 1711. P. in-4. B. ép. Rare.

20. — Ex-libris gravés par *Nonot* : Delys — Fleur — (de Varaigne) — Vitry (de) — Anonyme, cinq p. — Ex-libris gravés par *C. Bérain* : (Du Refuge) — Anonyme. En tout sept p. B. ép.

21. — Ex-libris : Hallé (Barth.) Chanoine de *Rouen* — Anonyme, gravé par *J. Regnault* — Anonymes. Cinq p. in-4. B. ép.

22. — Ex-libris : De la Fosse (F.) — Anonyme, par *J. Toustain* — Ruffey (Rich. de) — Anonyme, par *J. B. Scotin* — *Baschi* (Ch. de), par *G. Scotin* — Anonyme, par *Dezallais*. Neuf. p. B. ép.

23. — Ex-libris : D'Amyen (Aug.) — La Mothe (J. F. de) — Roger (S. R.) — Tarin — Anonymes. Douze p. B. ép., plusieurs rares.

24. — Ex-libris : Pauliny (F.) — Pellot (Normandie) — Perrey — Pigou — Preville (Bulteau de), gravé par *P. Giffart* — Regnier (F.) — Rossignol (R. P.) — (Saumery de la Carre) 2 différents — Seraucourt (J. N. de) — Seytre (de) — Sᵗᵉ Marie (A. de) — (Valbelle) — de Villemur. Quatorze p. B. ép.

25. — Ex-libris : (Estienne) — Fourcy (B. H. de) — (Fevret de Fontette) — Foucault (N. J.) — Gourgas (J. L.) — Hozier (P. d') — Le Boilteux (G. et J. B.) — Le Bouthillier (L.) — Le Chevallier (E. N.) — (Mairan),

2 diff. — Meaux (Bibl. de) — Ménage (G.), 1692.
Quinze p. B. ép.

26. — Ex-libris : Adam (J.) — Aubret (L.) — Bidar
(Alex.) — (Bignon) — (Boudon de St Amand) —
(Bouillet ?) — Boze (Cl. de) — Carpentier (D.) —
Chany (G.) — Constant — (Courtin) — (Cusset)
— Dentragues (Mis) — Despont (Ph.) — De Douày du
Prehedrez — Doyen (P.) — Dumoustier de Vatre (P. J.)
Dix-sept p. B. ép.

27. — Ex-libris anonymes. Vingt-trois p. B. ép.

28. — Armoiries d'un Cardinal, surmontées de la devise :
Religio tutatur opes, p. gravée par *Pierre de Loisy*
— Armoiries d'un Cardinal, p. anonyme. Deux p. in-4.
Tr. b. ép.

EX-LIBRIS

Gravés pendant le XVIIIe siècle

29. — Bibliothèque de Mme Elisabeth, par *Dezauche* —
Bibliothèque de Mme Victoire de France, par *C. Baron*.
Deux jolies p. Tr. b. ép. Rares

30. — Ex-libris de *Femmes :* Beaumanoir (Mme de) —
Choiseul (M^{te} G^{ve} de Labritte, C^{sse} de) — Du Bu de
Longchamp (Mme) — Fleury (M^{ise} de) — Guéméné
(P^{sse} de) — Jonsac (C^{sse} de) — Roberthon (Mlle de)
— Rosanbo (La Présidente de). Huit p. B. ép.

31. — Ex-libris d'Archambault, gravé par *A. F. Sergent
Marceau*, à Chartres. B. ép. Rare.

32. — Ex-libris de Louis-Auguste de Bourbon-Malause
et de Marie-F^{se} de Maniban, sa femme, figurant sur la
garde de l'ouvrage suivant : *Les Amours de Psyché
et de Cupidon, traduction nouvelle, enrichis de
Figures en Taille-douce.* — Rotterdam, M. Bohm,
1734 — 1 vol., in-12. B. exempl.

(Numéro 1 du Catalogue)

33. — Ex-libris (Briot), par *J. F. Janinet*. Tr. b. ép.
Rare.

34. — Ex-libris Jean-Joseph Cinier. Jolie p. anonyme.
Tr. b. ép. Rare.

35. — Ex-libris P. Franç. Coppette (Paris). Deux p.,
différentes. Tr. b. ép. Rares.

36. — Ex-libris De Laus de Boissy. Trois pl. différentes.
Tr. b. ép. Rares.

37. — Ex-libris de Dominique Vivant De Non, célébre amateur, gravé par *lui-même* à Venise, en 1790. Tr. b ép. Rare.

38. — Ex-libris du peintre-écrivain J. B. Descamps, composé et gravé par *Noel Le Mire*. Tr. b. ép. Rare.

39. — Ex-libris de (Fuligny-Damas), jolie pièce, par *Cl. Roy*. Tr. b. ép.

40. — Ex-libris Thomas Gueulette, figurant sur les gardes de l'ouvrage suivant : *Histoire de très noble et chevalereux prince Gerard, comte de Nevers et de Rethel et de..... Euriant de Savoye sa mye* — Paris, S. Ravenel, s. d. In-12 rel., contenant un *autographe* de Gueulette faisant mention que l'exemplaire de ce roman lui fut donné par Mme la Psse de Conty, en 1725.

41. — Ex-libris ou Adresse? d'Hébert, rue St Denis. Jolie p. in-8 anonyme. B. ép. Rare.

42. — Ex-libris du Président Ch. J. Franç. Hénault, 2 pl. diff. (d'après *F. Boucher?*) B. ép.

43. — Ex-libris à *compartiment*, de Fr. Th. Jaume et Fr. Grognard. Tr. b. ép. Très rare.

44. — Ex-libris Lambert de Villejust, gravé par *Bichet*. B. ép. Rare.

45. — Ex-libris d'Ant. Laurent Lavoisier, de l'Académie des Sciences, gravé par *De La Gardette*. Tr. b. ép. Rare.

46. — Ex-libris de Mailly, Mis de Chateau-Renaud. Jolie p. gravée par *Emm. De Ghendt,* d'après *Ch. Eisen*. Sup. ép. à t. m.

47. — Ex-libris (Moufl de Champigny, d'Angerville), gravé par *P. F. Tardieu*. Tr. b. ép. Rare.

48. — Ex-libris Corn. Franç. Nelis. Jolie p., anonyme. B. ép.

49. — Ex-libris François Perrault, surmonté du portrait du titulaire, gravé d'après *Le Tillier*, 1764. Tr. b. ép. à gr. m. Rare.

(Numéro 58 du Catalogue)

50. — Ex-libris (Rohan ?) Jolie p. gravée à l'eau-forte, *sans aucunes lettres*. B. ép.

51. — Ex-libris (Germain de Saint-Aubin ?) : une abeille posée sur une fleur, *eau-forte* avec l'inscription suivante : *Legendo*. B. ép. Tr. rare.

52. — Ex-libris J. A. I. Soubry, Trésorier de France. B. ép. Rare.

53. — Ex-libris (de Soussay). B. ép. Très rare.

54. — Ex-libris Thellusson, gravé par *P. P. Choffard*, 1782. B. et très rare ép. à l'état d'*eau-forte pure*, av^t le nom de l'artiste.

55. — Ex-libris Jean-Armand Tronchin, gravé par *P. P. Choffard*, 1779. — B. ép.

56. — Ex-libris anonyme, au *levrier*, gravé par *P. P. Choffard* (P. et B. 91). In-8. B. ép. sans *aucunes lettres*.

57. — Ex-libris : Armoiries surmontées d'une couronne de comte : support, deux lions. Tr. b. et très rare ép. avᵗ t. l., d'une p. en largeur, gravée probablement par *P. P. Choffard*.

58. — Ex-libris (Trudaine), gravé par *P. Gabr. Berthault*, d'après *Le Sage*. Tr. b. ép. Rare.

59. — Ex-Libris de Louis Vacher, 1768, gravé par *Monnier*. B. ép. Rare.

60. — Ex-libris (de Vallory ?), gravé à l'eau forte par *J. H. V.*, d'après *F. Boucher*. Tr. b. ép. Rare.

61. — Ex-libris Louis de Vienne de Geraudot, gravé par *Gosset*. In-4. Tr. b. ép. Rare.

62. — Ex-libris anonyme, de dimension *minuscule* : deux écus accolés. Tr. b. ép. Rare.

63. — Ex-libris de Champcenetz. B. ép. Rare.

64. — Ex-libris de Marsan (Lorraine), Très rare. — De Pons (Lorraine), rare. Deux p. B. ép.

65. — Ex-libris : (Argenson-Lautrec) — de Pontchartrain, rare, 2 diff. En tout quatre p. Tr. b. ép.

66. — Ex-libris du Duc de Brissac, par *George*, Rare — Comte de Marigny. Deux p. Tr. b. ép.

67. — Ex-libris : Régiment du Dauphin, infanterie, gravé par le *Chʳ de Pujol* — Dépôt des Affaires Étrangères — Orléons Rothlein — Bourbon Busset (de), par *Mᵐᵉ Jourdan*, 1788. Quatre p. B. ép.

68. — Ex-libris anonyme (*Deux écus accolés, surmontés d'une couronne de comte*), gravé par *Louis Germain*. B. et rare ép. avᵗ l. l.

69. — Ex-libris gravés par *Louise le Daulceur* : Arconville (Thiroux d'), 2 différents — Mignot de Montigny, 3 diff. En tout cinq. p., d'après *Eisen*, *Gravelot* et *Pierre*. B. ép.

70. — Ex-libris gravés par *Collin* et *J. C. François* de de Nancy : Bouzie Destouilly — (Chanel (J. G.) de la Flize — (Pelletier de Martinville) — Thouvenin — Willemet (R.) — Anonyme. Sept p. B. ép.

71. — Ex-libris gravés par *J. Gamot* : De Flandres — Fiquet du Bocage — Larcher, 1741, rare, 2 diff. — Anonyme. cinq p. B. ép.

72. — Ex-libris gravés par *J. C. D. Merché*, à Lille : De Briois d'Hulluch — De Briois de Sailly — (d'Haffengues) — Dupont (L.) — Wavrans (F. de) 1762. 2 diff. En tout huit d. B. ép.

73. — Ex-libris gravés par *Louis-Gabriel Monnier* : Convers (P. Ant.), 1762 — Thibault (Claude) — Anonyme, gravé à Dijon en 1764. Trois p. Tr. b. ép.

74. — Ex-libris gravés par *Cl. Roy* : Bourgongne (de) — (Lucenay (de) — (Luynes (de) — Podio (J. P. L. de) 1750 — Tascher — Anonymes. Sept p. B. ép.

75. — Ex-libris : Le Roy (D.) — Vallée (O.) — Vaucresson (de) gravés par *Beaumont* — Boscheron (J. G. R.), par *P. G. Berthault*, 1777 — Le Cornier de Cideville par *Bacheley* — Rozier, par *Billé* — Le Maire, par *Brenet* — de Fenille, par *Durand* — Francœur l'aîné par *Collard*. Neuf p. B. ép.

76. — David (Et.) — Mey (J.), par *Mandonnet* — Marescot, par *Duplessis* — Janson (C^al de) — Foyelle (J. L.), par *Vallet*, 1721 — Ryard (J. A.), par *Phelippeau* — Wignacourt (Cte de), par *Allin* — Dix p. B. ép.

77. — Ex-Libris : Ludovici — Midy (L. E.) — Quillebeuf (J. F.) — Anonyme par *Gouël* — Vienne (Louis de), par *Gosset* — Le Roy — Gaillard (J.) — Baillière (C). Anonymes, par *Jacques*, à Rouen. Dix p. B. ép.

78. — Ex-libris : Arnaud (J. A. M.), par *Du Palluel*
Courtarvel (M^s de), par *Lucas* — Glomy (J. B.), dessiné
par *lui-même* — D'Irval, par *Derond* — La Charité
de Grenoble, par *Lançon* — Le Cat. (D^r), par *Hérissel*
— Le Bastier, par *Moitte* — Martin (Ch.), par *P. F.
Tardieu* — Anonymes, par *Beaudeau* et le Capitaine
Rottiers. Dix p. B. ép.

79. — Ex-libris : Maneval (L. de), signé : *C. M Fecit* —
Mascregny — Anonyme par *Scotin* — La Roque (J. de),
par *J. D. Belleau*, à Rouen — Dogny (N.) — Anonymes,
2 p. par *J. Collin* — Dorat de Chameulles, par *Fou-
quet* — Anonymes, par *J. B. Carpentier* et *Veyrier*.
Dix p. B. ép.

80.. — Ex-libris : Bouju, par *L^se Th^se Chenu* — Affry
(Cte d') — de Guimps, par *Demonchy* — Maillardière
(de la) — Anonyme, par *L. Legrand* — Des Champs
des Tournelles, par *Moreau* — Rivière (J. B.) par
Messager — Aubry (J. T.). par *Martinet* — Gaime,
par *Pariset* — Sangnier d'Abrancourt — (Toullet de
Maison), par *L^se Duvivier-Tardieu*. Onze p. B. ép.

81. — Ex-libris : Baschi (Ch. de), Mis d'Aubais, 5 variantes — (Béthune des Planques), 3 variantes, gravées
par *Lemaire* à Arras, *Delcourt fils* à Tournay et un
anonyme — Brosses (Ch. de). 3 variantes, gravées
par *A. Aveline, Durand*. En tout onze p. B. ép.

82. — Ex-Libris : De Rieux (G. Bernard), par *Huquier*
— de Fauconnet, par *Helman* — Clouet, par *de la
Gardelle* — (Pajot d'Onsenbray), par *Chaumier* —
d'Aine (M. J. B. Nicolai), par *P. L. Cor* — Gallatin,
par *Robin* — (Le Doux C. C. N.). par *Coutellier* —
Foissey, par *Thérèse Broet* — Sarrobert (de), par
Ollivault. à Rennes — Thilorieu. par *A. Lavau*, à
Bordeaux — Xaupi (J.). par *Arisse* — Thierry de Ville
d'Avray, par *Colinet*. Douze p. B. ép.

83. — Ex-Libris : (Villeneuve de Vence). par *Feau-
grand* — Desmaretz (Abbé), par *Chevalier* — Du-
chene (Ant.). par *C. M. M. (Conrad M. Metz)* —
Formentin (D.), par *Chollet* — Perrin, par *Demeuse*

(Numéro 143 du Catalogue)

— Froment de Champ-Lagarde, par *P. C. J.* — Billieux (Ign. de), par *Simon* — De la Michodière — Palisot (A. A.) — Gautier — D'Allemans — de Grandcour. Douze p. B. ép.

84. — Ex-libris : Patu (A. J.), dessiné par *lui-même* — Delaleu, par *F. Montulay* 1754 — Séguier, par *Branche* — Ganhy (J. B. de), par *lui-même* —Libert

de Beaumont, par *J. Derond* — Cottin de Fontaine. par *F. C. Guillaume* — Jaillot — Gavinet — Collège des Prémontrés de *** — Conflans (Magniat de). — — (Perrot ?). par *Glomy*. Treize p. B. ép.

85. — Ex-libris : D'hyenville, par *Violle*, 3 ép. en tons diff. — Ainard de Clermont-Tonnerre, par *Violle*, et par *Durand* — De Fauconpret de Tullus, par *Vacheron* — Beaufort (C. L. A. de), par *Lemaire* — De Lorme, par *E. Stallin* — La Rosée (Aloys de), par *lui-même*, 1762. — Lardet (Mich.), par *Roy*. — Seguret. — Gaudard (L. C.), rare. Quatorze p. B. ép.

86. — Ex-libris de *Médecins* et *Chirurgiens* : Andry (C. L.F.) — Arrachart (J. N.) — Baron (H. T.) Brisseau (M.), 2 diff. — Cochon (P.) — Coquereau (J. L.) Correard (J. M. A.) — Delafaye — Grumet (J. Ph.) Dix p. B. ép.

87. — *Médecins* et *Chirurgiens* : Ledru (J. P.), sept diff. — Le Thieullier — Louis (Ant.) — Morand (D.) Petit (H.) — Rapou — Raussin. Treize p. B. ép.

88. — Ex-libris : Albanel (St.) — Albert (J. A) — (Albert (d'), de Chaulnes), 3 variantes — Animé (C.) Artaud (P. P.) — Assenoy (d') — Aubaret (A.) — Aubert (Rev. P.) — Aubigny (Richard d') — Aubry (J. T.) — Auda de Montolieu — Audoy (P.). Quatorze p. B. ép.

89. — Ex-libris : Baschi (Ch. de) — Beauvais Raseau Bonnay (de), signé : *Chantrel in. 1768*. — Bonnet — Bourbon-Busset (L. A. P.), 1793 — Boutemont (de) — Bramand (D.) — (Brancas) — (Brochet de R¹ Prix) — Briois de Sailly par *D. Merché*. — Busquet. Douze p. B. ép.

90. — Ex-libris : Baudelot (J.) — Bally (J.) — Bergès Dumesnil — Biencourt (de) — Biston — (Bauffremont (L. de) — Bonnier (L. T. J.) — Bosson (du) — Broglie — Baunet (Ant.) — Blanriez (de) — Blouet de Camilly — Bertin de Fligny — Brune — Bureau —

Blondel — Bonafous (Math.) — Beauvais-Raseau —
Bullioud (J. C. de) — Barbe (J. B). Vingt-six. p.
ép.

91. — Ex-libris : Basseville (H. de) — Beausire (H.) —
G. Bouché d'Urmont — Boucherat du Fey — Bourlet
de Vauxcelles, 2 diff. — de Bourgevin, 2 diff — .) Béthune des Planques) — Bretin (J. B. H.) — Brosses
(de), par *Durand*. — (Brunet, Bon de Chailly). Douze
p. B. ép.

92. — Ex-libris : Barbe (L.) — Bellaud (J. P. B. de) —
Belissen (de), 2 diff. — Besset (P. de) — Bernard de
la Fortelle — Beraud (J. L.) — Bouillet (J. B. A.) —
Bonnier (L. T. J.) — Boullemier — Abbé de Bourzac —
Bourdon (D. M. J.) 1760. — Bourlier l'ainé — (Brancas)
(Brochet de St-Prix) — Bronod — Bullier (Toussaint).
Dix-sept p. B. ép.

93. — Ex-libris : Blanchon — *Bibliotheca Boenania*
— Briois de Bretencourt — Cazes (C. L. de) — Jamelin
(P. C.), 1792 — La Roncière (C. N. Regnard de) —
Mellarede — Monspey (de) — Nicole — Odet (Ignace)
—. Racine de Bacherville ? — Rigaud (P.) — Rosselet
(D. F.) — Bibliothèque de la Ste Croix de Paris.
Quatorze p. B. ép.

94. — Ex-libris : (Calonne de) — (Cambon F. T. de)
gravé par *J. Mercadier* — Canclaux (J.) — Cailly —
Cerf Berr (Alsace) — Chanay (de) — Chapeaurouge-
Mestrezat — Chappron — Corel Du Clos — (Colas
De La Noue — Cressonnière (Ch. de la). Quinze p.
B. ép.

95. — Ex-libris : Camus (J. B. E.) — Carbon (P. L. de)
par *L. F. Baour*. — Cadet (L. C.) — Champflour
(de) — Chalut (F. de) — Chesneau — Choquet — Cler-
mont-Gallerand). — Clavière (L.), 1769 — Conzié (M^se
de) — Créquy — Crest de Villeneuve — Crocy (Labbey
de) — Cuzieu (de). Quinze p. B. ép.

96. — Ex-libris : (Caylus) — Caumartin, 3 diff. —
Carbon (P. L. de). 2 diff. — Catellan (J. M. de) —

Carbon (J. L.) — Camus (A. I. de), par *Bouchy*
1732 — Chapaix — Calonne (de) — Collombat(J.F.)
Couvert (de), par *Gouël*. Treize p. B. ép.

97. — Ex-libris : Campagne (de) — Cannac (P.P.)
Carbon (J.L.)— (Cazenove) — Calonne (de) —(Chauf-
four)— Chavaudon — Chevallié (Armand)'— Choiseul
(C^sse de) — Chapel ? — Caulet (J. (de) — Cochet
(A. M.) — Cohorn (de) — Collin — (Collin de Con-
trisson) — Collombat (J. F.) —Constantin. Dix-sept
B. ép.

98. — Ex-libris : Damours — D'Anthoine (J. B.) —
Daymar — Delatourette (Claret) —Deplace (G. M.) —
Desains, *notaire à St-Quentin* — D'Estampes (L.) —
Dezauche — (Du Four de Cougeron) — (Duhamel) —
(Du Laurens) — Du Liège — F. I. Dunod. Treize p.
B. ép.

99. — Ex-libris : Darmand, major de Lille— Delacour —
Delespine, *à Montreuil-sur-Mer* — Despaux — De-
lignières de Bommy — Dommanget — Douglas —
Dufresne (J. M.) — Du Liège — Dumont (J. F. J. —
Dupuy — Dutour-Vuilliard (J. M.) Treize p. B. ép.

100. — Ex-libris : Dampoigné (Ch^r.)—D'Anthoine J. B.
—Debonne (J.) — Demarbeuf — Delahaye des Fos-
sés — Delepierre de Ligny — Dincourt (A.) — Detoulle. (Marie) — Du Boutet — Du Fossé (Th.)— Dupont de Romémont— Du Not de Vieux Pont —Durand
(G.), à *Senlis* — Durey de Noinville, 1736 — Durieux
de Beaurepère. Quinze p. B. ép.

101. — Ex-libris : Damas d'Anlezy (Cte) —Delabarre—
Deglatigny (G.) — Demasur — Denis (D) — Detoulle
(Marie) — Desenneterre (Cte) — Deverduc, 1740 —
D'Hémery — Deschamps de St-Amand — Dubois —
Dubois de Courval — Duguet (D.) — Dupan Sarrasin
— Durey de Noinville. Seize p. B. ép.

102. — Ex-libris : Enfernel (Ch^r d') — Espiennes (L.d')
— (Estouilly (d') — Falquet de Planta — Faure (C.)
— Faivre-du-Bouvot — Faultrières (Cte de) — Fenie

(Numéro 159 du Catalogue)

(Ch^r de) — Fevret de Saint-Memin — Fizeau fils —
Fauvel (abbé) — Flamen d'Assigny — Fréval (de) —
Fumechon (de). Quatorze p. B. ép.

103. — Ex-libris : Fauvel (abbé) — Ferreol Perrin de
Sanson (Marseille) — Foucault (N. J.) — Gallois (J.
L. G.) — Garnier — Geffroy (M. A.) — Ghesquière
Destradin - Germain (F.) — Guillebon — Gay (Bru-
no) — Guelle Tersy. — Graillet d'Oupeye. Dix-huit
p. B. ép.

104. — Ex-libris : Gallois (J. L. G.) — Gambais —
Gattel (C. M.) — Gayffier (C. P. A. de) — Gay de Mar-
noz — Germiny — Glandeves Nioselles — Geoffroy
M. F.) — Godard (J.) — (Gougenot) — Guenet delouye
— Guyton (Ant.) Douze P. B. ép.

105. — Ex libris : Geuffnin — Geoffroy (J.). 2 diff. —
(Girardot de Préfond) — Garnier de la Sablonière, 1768
(Girangy) — Gigot d'Orcy — Godard (J. J. F.) —
Goy (B.) — Gravelle de Fontaine — Grangier (J. P.)
signé. *J. G. Fecit* — Guéret — Guignard (de) —
Guillebon. Quinze p. B. ép.

106. — Ex-libris : Haillet du Fossé (G. A). — Hailly
(P. J. d') — Hemery (P. N.) — Heruillez (F. F. d')
Hermand (A. d') — Honnorat — Horcholle (Th.) —
Houe (N.) — Hugon (J.) — Hugon (P. F.) — Hue de
Coligny — Huguenin Dumitand — Hurson, 2 diff.
Quatorze p. B. ép.

107. — Ex-libris : Héricourt (d') — Horcholle (Th.) —
Hespel de Flencques — Hérisson de Villiers — Houe
(N.) — Jaucourt (L. de) — Imécourt (C^t d'e) — Jannart
(J. F.) — Jacquin — Jeanneret l'aîné — Joly — Josse
— Jouffroy — Juteau (P. N.) Seize p. B. ép.

108. — Ex-libris : Jaubert (G. A.) évêque de St-Flour. —
Joly — Jourdan — Lallemant de Betz — La Luzerne
Cte de) — Le Boucher (N.) gravé par *Décaché* — La
Fare (J. J.) — Le Couteulx (A. L.) — Ledoux — Lebatz
de Courmont) — Leféron d'Éterpigny — Lelarge d'Eau-

bonne — Lefebvre du Grosrier — Le Tors de Chessimont. Quatorze p. B. ep.

109. — Exlibris : Labastie (C. de) — Labeyrie de Vilcar — La Cropte de Bourzac, évêque de Noyon — Lalaure (N. C.) — Lardet (Mich.) — Laporte (A. F. de) — Leducq (A. A. J.), à Arras — Le Normant (J.) évêque d'Evreux — Le Tellier de Courtanvaux — (Lezay-Marnesia) — Lohier (A. M.) — Lyvet D'Arantot. Douze p. B. ép.

110. — Ex-libris : Lalive de Jully — La Jonchère (G. M. de) — Lamenur (de) — Langlois (A. F.), 1731 — Latournelle (de) — Le Boiteulx (J. B.) — Le Camus de Néville — Le Pelletier des Forts, Cte de St-Fargeau — Le Midy — Le Prevost de Basserode — Le Sage (N. F. B.) — Le Vacher — Levigne da Mortange — Le Jourdan gravé par *G. D. T. 1786*. (*Grosson du Truc*). Quatorze p. B. ép.

111. — Ex-libris : (Lacroix de Chevrière) — Lallemant de Betz — Lalonde (de) — Langlois (A. F.), 1731 — Laneufville (Lequien de) — Lartigue (St de) — Lebourg Lecauchoix — Le Seigneur — Lefebvre du Grosrier L'Ecuy (J. B.) — (Le Camus) — Le Brun (Alex.) — Lucas (E.). — Lyvet D'Arantot. Quinze p. B. ép.

112. — Ex-libris : Labat. — La Chevallerie. — La Coste (Ch^r de). — Lacroix-Chevrière. — Lagnasc (R. Taparel, Cte de). — La Motte (de). — La Luzerne (de). — Langeron (Cte de). — Largier (Marseille). — (La Rochefoucauld), (Rouen). — Le Marcis. — Le Joindre (P.). — Le Ver. — (Lezay Marnesia). — (Lieuron (Mis de), Provence. — *Lisieux* (Bibl. du Chapitre de). — Loppin de Masse. — Loppin de Montmort. — Dix-huit p. B. ép.

113. — Ex-libris : Lanau (B.) à *Arles*. — Le Camus de Neville. — Le Roy (P.) ? — (Leroux d'Esneval). — *Lyon* (Bibl. des Carmélites de). — Macors (B. J.). — Marin. — Merlet (J.). — Mocquet (B.). — Montmorency-Luxembourg. — Mouchard (F.), 1732. — Morel Depeisses (F.). — Douze p. B. ép.

114. — Ex-libris : Maillardière (Vte de la). par *Louis Legrand*. — Mailly (Bibl. du château de). — Mainssonnat (G.). — Marié de Toulle. — Maton de la Varenne (P. A. L.). — Maubuisson. — Maynon de Farcheville. — Michau de Montaran. — Michon (L.), Lyon. — Midy (L. E.), par *Gouel*. — Millon (F.). — Moreau de Cœffy. — Mousset (L. L.), 1774. — Myette (G. M.). — Quatorze p. B. ép.

115. — Ex-libris : Macault (J. F.) — Madaillon (de) — Margue (D.) 2 états — Martin — Mathieu — *Meaux* (Cabinet de Mgr l'Evêque de) — Merigny (Cte de) — Montfleury (de) — (Montmorency-Luxembourg) — (Morelet (abbé) — Mourot (J. F. R.) — Murat, 2 diff. *Muri* (Monastère St-Martin de). Quinze p. B. ép.

116. — Ex-libris : Macors (B. J.) — Marescot (C.), par *Duplessis* — Mars (J.) — Martin — Maton de la Varenne Massol — (Michel de Léon) — Midy Duperreux — (Montmorency-Luxembourg) — Mory d'Elvange — Murat. Douze p. B. ép.

117. — Ex-libris : Maury (C^{al}) — (Michel de Léon) — Millin de Grandmaison — Mouton-Fontenille, Lyon — Normandeau (A. A.), 3 ép., 2 diff. — Naville — Negrier de la Crochardière — Neyrat (C.) Onze p. B. ép.

118. — Ex-libris : Neret, 2 diff. — Niepce D'anneville — Odille — Papion de Tours — Pasquier de Messange, 1792 — Paule de Dompierre (A. M. F. de) — Perrichon (S. G.), 1751 — Philippe (J. A.) — Pigeau (F.) — Pigou — Ponsainpierre (de), Lyon — Potier — Pruvost (C. F.). Quinze p. B. ép.

119. — Ex-libris : Parat de Chalandray *(Lorraine)* — Nicolay (de) — Niellis (P. de) — (Osborne) — Paris (N. J. de) — Pastoret (de) — Perratierre (de) — Perrot (P. C.) — Petit *(Bourgogne)* — Picot de Closrivière — Pinon (Ch^r) — Plantard de Flibeaucourt — (Pilliers (des) — Petit de Marivats (F. M.) — (Polignac) — Ponchel — Poulletier, 1772 (Compiègne). Dix-huit p. B. ép.

120. — Ex-libris : Peysson de Bacot (J. Ph.). — Quincy (Ameline de). — Quintilici. — Quarré de Monay, chanoine d'*Autun*, 1776. — Randon (de). — Rétif (G.). — (Rigoley de Juvigny). — Rousseau (C. B.). — Rousseau Delaunois. — Roussel. — Ruau du Tronchau. — Rumare (G. de). — Treize p. B. ép.

121. — Ex-libris : Richard, par *Bellaty*. — Richemont (Le Boucher de). — Robilliard. — Rohan, *Reims*. — Roberthon (de). — Roussel. — Roquencour (de). — Rosnel (H. de). — Rouvroy (Alb.). — Rosset (de). — Quinze p. B. ép.

122. — Ex libris : Raussin (L. J.). — Richardot (P. J. D. de). — Ricquet (P. J.). — Rieu. — Robin (P. A.), 2 diff. — Robilliard. — Richard de Vesvrotte. — Roncherolles (T. G. L. de). — Rondé (J. F.). — Roye (F. J. de). — Rymon (Ph. de). — Treize p. B. ép.

123. — Ex-libris. — Saint-Maurice (de). — Sangnier d'Abrancourt, par *L^{se} Duvivier-Tardieu*. — Secousse (F. R.). — Savary (J. B. A.), 1756. — (Talon). — Tesson. — Tascher (A. F. C. de). — Tralage (J. N. de), 2 diff. — Thesut (P. F. J.). — Thevenin (J.). de Tanlay. — Treize p. B. ép.

124. — Ex-libris : Saint-Maurice (de), 3 diff. — St-Pol (de). — Sainte-Croix (Mis de). — Saunier (L. P.). — Saint-Germain, Mis d'Aligny. — St-Amand. — Sicard. — Savoye (J. B.). — Silva. — Tavel (R. de). — Turgot (D. B.) — Quinze p. B. ép.

125. — Ex-libris : Saint-Ange. — Sainctignon par *Allin*. — St-Port (J. B. de). — Sauvage (T. R.). — Sartine (de). — (Sayves (de), Bourgogne). — Sérans (Cte de). — Secousse (D. F.). — Saulot. — (Saint-Morys). — (Talon). — (Thomé). — Tournay (N. L.). — Soissan aîné (de), Avignon. — Seize p. B. ép.

126. — Ex-libris : (Valbelle de Tourves). — Varlet (M.). — Vallou de Boisroger. — Vauville (de). — Valette (J. de). — Vichy (Mis de). — (Vertamont). — Villemur (de). — Violet (And.). — Vienne (de). — Villeneuve

(J. P. de). — Vrayet. — (Vallin de Saint-Didier ?). — Verchère (H. F.). — (Villeneuve-Trans), 2 diff. — Vrigny (Mis de), Argentan. — Valadous (Mis de). — Vaulserre des Adrets. — Valory (F. C. de). — Voyer. — Vingt-deux p. B. ép.

127. Ex-libris : Choart, rare. — De Fleurieu, 2 diff. — (Garat). — Gourgue (de). — La Rochefoucault (F. de). — Louis le fils. — (Noyel). — Huit p. Tr. b. ép.

128. — Ex-libris : De Bièvre (J. J. F. Le Conte). — Buchelay (de). — Choart, rare. — Desligneris. — Desloges. — Goderville (de). — Pihan de la Forest. — Thibault (Cl.), par *Monnier*. Huit p. B. ép.

129. — Ex-libris : Dumas (J. B.), 1757. — De Flines du Fresnoy. — Froment, (E.), 1771. — Gence (Lyon). — Hautefort de Beringhen. — Molinier (J.). — Narbonne-Pelet (J. de). — Rigoley de Juvigny. — Sept-Fontaines (de). — Seraucourt. (J. N. de). — Dix p. B. ép.

130. — Ex-libris : Bospin (de). — Delisle. — Desavenelle de Grandmaison. — Du Sarteau. — Lannoy (Cte de), chanoine de Cambray. — Terray (J. M.), 2 diff. — Titon de Villotran, *2 états*. — Palisot (J. F.). — Dix p. Tr. b. ép.

131. — Ex-libris divers : Hocquart (L.), 1677. — Ex-Dono. — Fougeroux de Secval. — Thellusson (Isaac), gravé en bois. — Anonymes. — Vingt p. B. ép.

132. — Ex-libris divers : Vichet (A. G.). — Sevre (N.). — Jullien. — Godefroy (D.). — Jeanjean (Ant.), *Strasbourg*. — Gillet (J. F.), 1778. — Cottin (H. Daniel). — Le Normant (J.), évêque d'*Evreux*. — Guillou (J.). — Panat (J. de), par *Veissière*. — Anonymes. — Quarante p. B. ép.

133. — Ex-libris anonymes, à devises : *Animo et Fortitudine*. — *Virtute duce Comite Fortuna*. — *Gratus honore labor*. — *De l'intégrité...* — *Nullus in verba*. — *Moderatur et urget* — *et vox et purpura...* —

(Numéro 162 du Catalogue)

Implebuntur odore. — Pro Patria. — Nemo fidelior. — Peregrinus ubique, 2 diff. *— J'espère et j'aspire. — Vigil et alacer.* — Quatorze p. B. ép.

134. — Ex-libris anonymes, avec chiffres. — Vingt-sept p. B. ép., plusieurs rares.

135. — Ex-libris anonymes, avec initiales. — Onze p. B. ép.

136. — Ex-libris anonymes. — Cent-dix-neuf p. Tr. b.
ép. Ce n° formera cinq lots.

EX-LIBRIS

Gravés ou lithographiés pendant
le XIX⁰ siècle.

137. — Ex-libris : (Arnauldet), par *Bracquemond* et un
anonyme. — Asselineau, par *Bracquemond*. — Beau-
pré, par *C. E. Thiéry*. — A. Beurdeley, par *H. Po-
terlet*. — Aglaüs Bouvenne, par *Bracquemond*. —
Mich. Chasles, par *L. Menard*. — Cousin, par *Giaco-
melli*. — *Deschamps*, par *L. F. (Léopold Flameng*).
— Eug. Piot, par *F. H. 1872 (Fréd. Hillemacher*).
— M⁰⁰ Tourneux et Oct. Uzanne, par A. Bouvenne. —
Quatorze p. B. ép.

138. — Ex-libris : Monselet (Ch.). — Piet (A.), par *Gau-
jean*. — Tausin (H.), par *M*ᵐᵉ *Georgel*. — Fabre (A.),
par *A. Steyert*. — Michel (Fᵠᵘᵉ), par *Boisselat*. — (A.
Hénin), par *E. Valton*. — Bibliophile Jacob. — Ex-
libris, gr., par *Oblin* : Berryer. — (De l'Espine du
Puy). — Ex-libris gr., par *Stern* : Jouvin (E.). — Pin
(E.). — Vlasto (A. D.). — Saint-Victor. — Berton
(Am.). — Morizet. — Royer (Alph.). — Vingt-huit p.
B. ép.

139. — Conquet. — Neufchateau (F. de), 2 diff. — Ex-
libris : Barré (G.), *Rouen*. — Savigny de Moncors. —
Coucy (Chᵣ de). — Dᵣ Requin. — Sᵗ-Simon Verman-
dois. — Pastoret. — Rœderer. — Houbigant. — Vien-
not d'Eglantine, etc. — Cinquante-trois p. B. ép.

140. — Ex-libris : Mondesir (Cᵗᵉ de). — Mᵐᵉ Moynel,
par *Henry-André*. — Liancourt. — Ribollet (R.). —
Pellion (Guy). — De Mussy. — Obert de Thieusies.
— H. du Rosnel. — De Pixérécourt, etc. — Anonymes.
— Soixante-dix p. B. ép.

141. — Ex-libris : Burey (Cte de). — Breuilly (de). — Crozet (L. de). — Crisenoy (B^{on} de). — Chasles (Philarète). — Berry (D^{sse} de), *rare*. — Allou, etc. — Soixante-dix-sept p. B. ép.

Allemagne

Suisse

EX-LIBRIS

Gravés pendant le XVIe siècle

142. — Ex-libris de *Thoman?* figurant sur la garde de l'ouvrage suivant : *Bekanntnus; Dess waaren Bloubens unnd einfalle erluterung der rachten allgemeinen Leer*..... Zurich, Christ. Frosch., 1566. — 1 vol., petit in-8°, rel., b. exempl.

143. — Ex-libris Julius Geuder. — Curieuse et très-rare p. Tr. b. ép.

144. — Ex-libris d'Ursus Rey, de Soleure, figurant sur la garde de l'ouvrage suivant : *Oder Christliche wahre Catholische Predigen und Ausslegungen aller sonn taglichen Erangelien*... Constance, N. Kalt, 1599. — 1 vol., petit in-8°, avec, au dernier feuillet, la marque ex-libris de l'éditeur, gravé en bois. — B. exempl. rel. en peau avec fermoirs.

145. — Marque ex-libris de **N. K.** (Nicolas Kalt, éditeur), figurant sur la garde d'arrière de l'ouvrage suivant : *Der Cronicken der eingesetzten Orden dess henligen Valters Francisci*... par Carl Kurtsen. — Canstance, N. Kalt, 1604. — 1 vol., petit in-8°, rel. B. exempl.

146. — Ex-libris ? (Pregel), gravé en *bois, enluminé et rehaussé d'or*. — In-4°. Tr. b. ép. Très-rare.
N. B. Le nom du possesseur est écrit à la plume sur une banderolle.

147. — Ex-libris Guillaume (Riyk de Baldenstein ?), évêque de *Bâle*, gravé en *bois*. — Deux p. diff. Tr. b. ép. Rares.

148. — Ex-libris Jacques-Christophe. évêque de Bâle, gravé en *bois*. — Deux p. diff. in-4° et in-12°. Tr. b. ép. Rares.

149. — Ex-libris de la Famille des Holzschuer, de Nurem-berg, gravé par **H. S.** (*Hans Siebmacher*). — Tr. b. ép. Rare.

150. — Ex-libris *Henricus D. G. Eps. August.*, 1600, gravé en bois. — Tr. b. ép. Très-rare.

151. — Ex-libris anonyme (dit à l'*oiseau*), gravé en *bois*. — Deux variantes, in-8° et in-16°. Tr. b. ép. Rares.

152. — (Kindler). — Monavy (Jacob) ? — Morimberg (Joachim). Quatre armoiries exécutées à l'aquarelle et extraites d'un *Album Amicorum*.

153. — Guillaume (Riyk de Baldenstein ?) évêque de *Bâle* — Schnotzius (Valentin). — Wattenvyl ? (*Berne*). — Anonymes. Sept p. gravées en *bois*. — B. ép. (3 enluminées). Rares.

154. — Ex-libris anonymes, gravés sur métal ou en bois. — Seize p. B. ép.

EX-LIBRIS

Gravés pendant le XVIIe siècle

155. — Ex-libris J. Philipp von Steffts, 1606, signé du monogramme **M. M.** (*Martin Martini*, probable-ment). — Tr. b. ép. Très-rare.

156. — Ex-libris de Pierre Vok, Seigneur de Rosenberg, 1609. Importante et belle composition, gravée par *Gilles Sadeler*. — B. ép. Très-rare.

157. — Ex-libris de la Bibliothèque des Ducs de Bavière, 1618, quatre p. différentes, de format in-4°, in-8°, in-12° et in-16°. — Tr. b. ép. Rares.

158. — Ex-libris George Hoffman à Feyerspiel. B. ép. tirée sur *vélin*. Rare.

159. — Ex-libris, Ferdinand-Ernest, Cte de Mollarth, gravé par *Jean-André Pfeffel*, à Vienne, en 1700. In-4. Tr. b. ép. à gr. m. figurant sur la garde de l'ouvrage suivant : *Optique de portraiture et peinture en deux parties..... par Grégoire Huret, Dessinateur et Graveur ordinaire de la Maison du Roy*. — Paris, chez l'Auteur, 1670. — 1 vol. in-4 contenant 2 front., et 8 pl. gravées par Gr. Huret. B. exempl. rel.

160. — Ex-libris allemands, la plupart avec *dates* : Deuring (J. M.), 1660 — Gueldlin (J. R.), 1676 — Leuchtius (C. L.) — Lœlius (J. L.), 1681 — Rehlingen (R. C. de), 1687 — Roth — Scheivt (Chr.) — Seyringer (J. C.), 1692, 2 diff. — Windhaag (J. L. Bon de), 1656. — En tout dix p. B. ép.

161. — Diesbach (Frédéric, Pce de), par *Liverloz* et un anonyme. — Joseph Clément, électeur de Cologne. — Antoine, Bon de Monte. — Valentin Ferdinand von Gudenus, par *A. Reinhardt*. — J. J. Philippe, comte de Harrach. — George Reisch, chanoine de Vienne. — Neuf p. B. ép.

EX-LIBRIS

Gravés pendant le XVIIIe siècle

162. — Ex-libris Amédée Lulin, de *Genève*, gravé par *Bernard Picart*, 1722. — Tr. b. ép. Rare.

163. — Ex-libris de (l'Abbaye de St-Gérold), 1716. — B. ép. Rare.

164. — Le même ex-libris figurant sur la garde de l'ouvrage suivant : *Der Historischen Welt-Larten zwen-*

ter Theil ; in sich enthaltend die Leben derer Babsten von dem Heiligen Petro an biss auf Clementem XI... par le P. Ant. Forest, jésuite. — Augsbourg, G. Schlu- ter et M. Happach, 1717. — 1 vol., in-4° rel. (piqûres et taches).

165. — Ex-libris en forme de frontispice, gravé par *Joseph* et *Jean Klauber*, d'après *J. G. Ybelher*. — In-fol. Tr. b. ép. Rare.

166. — Ex-libris (surmonté d'un portrait) d'un Evêque de Wurzbourg, gravé par *Rieth*. Tr. b. ép. Rare.

167. — Ex-libris gravés par *J. Striedbeck*, à Stras- bourg : Bœcler (P. H.) — Reynolds (G. de), 2 ép. — (Rosen (de), 2 diff. — (Simon-Nicolaus évèque de Bâle). Armoirie des (Klinglin). Sept p. B. ép.

168. — Ex-libris : Freudenberg (J.) — Muckey — Wild — Fischer (A. E.) — Anonyme, par *Dunker* — Van Buggenhager, par *Meil* — Fischer (E. F.), par *A. Zingg* — G. C. Wilder, par *Ch. Wilder* — Borch (Cte de), par *S. Halle* — Chotekische, par *J. Boehm*. Treize p. B. ép., deux avant l. l.

169. — Ex-libris : Mongez (J. A.), Genève — Thun (J. Cte de), par *B. Picart*, 1721 — Vierlinck (J. B.), par *P. J. J. Tiberghien* — Robillard (J. L.), par *C. G. Geissler* — Louis Pfyffer — Preysing (Cte de), par *de la Haye*, 1760 — Wilder, par *C. Storcklin* — Tscharner (A. E.), par *S. Scheurman* — Anonymes. Vingt-deux p. B. ép.

170. — Ex-libris : Brunswick-Lunenbourg — Feverlein (J. C.) — Terme (J. B. de), 1778 — (Stock) — Byss (V.), curé de *Kestenholtz* — Vogel (de) — Beben- bourg (de) — Bausching (J. M.) — Gruner (J. C. F.) — Maurer (Alois) — Wunschwitz (von) — Barnkopf (Ignace) — Kress à Kressenstein — Seyringer (J. C.), par *J. de Lespier*, 1692 — Wus (F. S.). Quarante- quatre p. B. ép.

171. — Ex-libris (du Cte de Humisdael ?), gravé par *R. Collin*, à Bruxelles. en 1680. Tr. b. ép. Très rare.

(Numéro 130 du Catalogue)

172. — Ex-libris gravés par *L. Frurtiers* et *F.* et *N. Heylbrouck* : (Louis Boch) — Nieîes (J. B.), d'Anvers . — Anonymes, plusieurs avec devises : *Constantia et Fortitudine — Incubando foret — Laet vaerennydt Medio tutissimus ibis — Per Arma justitiae.....* Douze p. Tr. p. ép.

Grande-Bretagne

173. — Ex-libris : Bronwlowe (Will.), 1698, Rare —
Molyneux (Th.), *Dublin* — Smith (J.) — Loch (G.),
esquire — Smith (Edw.) — Ross (L.) — Auckland
(Lord). Onze p. B. ép.

174. — Ex-libris divers (XIXᵉ siècle). Quarante-et-une
p. B. ép.

Italie

175. — Ex-libris d'un Cardinal Italien (XVIᵉ siècle). Très
curieuse p. gravée en bois et impr. en *camaïeu*, portant les initiales suivantes au-dessous des armes : *U.
J. C. G.* Fort rare.

176. — Ex-libris (Barnabo), gravé en *bois*. Tr. b. ép.
Rare.

177. — Armes des Reinhardt ?, gravées en bois et pu-
bl. à Milan, par *Gio. M. Bonacina*. ép. coloriée.

178. — Ex-libris du XVIIIᵉ siècle : Castelli-Villacei —
Sorberio — Este (d') — Ponte (A. de) — Tettoni (L.
M.) — Calandrini (J. L.) — Capponi (V.) — Battya-
ni (Pᶜᵉ) — Albizzini (A. M.) — Adamoli (P.). Vingt-
sept p. B. ép.

EX-LIBRIS DIVERS

179. — Ex-libris de *Bibliothèques Ecclésiastiques :*
Grands Carmes de *Besançon* — Grands Carmes de
Lyon, 1770 — Séminaire de Lyon — Evêques de
Ratisbonne — Evêché de *Spire* — Notre-Dame de
Lausanne — Collège de *Passau* — Benedictins
d'*Augsbourg* — Abbaye de *Valloires*. Vingt-et-une p.
B. ép.

180. — Ex-libris à *Intérieurs de Bibliothèques* : Erlach (Sigm. von) — Rumare (de) — Hermant (J.) — Droz (F. N. E.), par *Micaud* — Wyngdham (T.) — Hulthem (van), par *Jouvenel* — Uffenbach (Z. C. à) 2 diff. Boch, par *L. Fruytiers* — Leleu d'Aubilly — Cheri (C. G. I.) — Anonymes. Quinze p. B. ép.

181. — Ex-libris étrangers : Lauther (G.) — (Lerber) — De Wal, d'Anthinnes — Jenner (C. S.) — Université de Tubinge — Fraggianni (N.) *Naples* — Wegry Wegierski — Yousoupoff (P^ce) — Vargas (F^co) — Caraffa (C.M.) *Naples* — Kol (Ladislas Cte de) — de Stimmer. Trente-six p. B. ép.

182. — Ex-libris étrangers. Vitelli (F.), archevêque de Sallonique — Gnieznienski — Dysli (H.) — Kinschot (J. A. de) — Ostein (J. F. C. M. Cte d') — Hohenhansen (Bon L. de) — Holstein Beck — Grote (J.). — Balduinincesen (Marie) — Brocke (H. C. von) — De Wevelinchoven — Tiberchamps — M. Marefuschus — Armoiries de Mons — Caraciolo, etc. Cinquante-cinq p. B. ép.

183. — Ex-libris étrangers : Schoettgen (C.) — Walwein (A. P.) — Jarrens (A. F.) — Wavrans (F. de), 1762 — Vernimen — Male (Vanden) — Castoreo (J.) — Eberhard — Poigk — Kops (W.) — Cramer (G.) — Anonymes avec *devises*. Soixante-cinq p. B. ép.

184. — Ex-libris : Douglas — Oberhueber (J. J.) — Potocki (Cte F.) — Bertarelli (Ach.) — Jonghe (Th. de), 5 diff. — Cruyce (Edm. van) — Schopenhauer — Eberstein — Pasta (Maria), etc. Quatre-vingt-dix p. B. ép.

185. — Ex-libris et adresses Typographiques. Quatre-vingt p., la plupart du XVIIIe siècle.

186. — Armoiries Suisses et Allemandes. Seize dessins anciens, plusieurs rehaussés d'aquarelle.

187. — Armoiries : Thaur (Cte de) — Steiguer (N.) — Anonymes. Huit p.

188. — Sous ce n^o, il sera vendu environ cent ex-libris non catalogués.

IMP. ANDRÉ MARTY

25, RUE LOUIS-LE-GRAND, PARIS

RED. :

18

graphicom

0 1 2 3 4 5 6 7 8 9 10